Seachain an Dineasár!

Futa Fata

Do Ruth Ní Bhuacháin, foghlaí mara as
Cnoc Na Cathrach – Patricia

Do Paupiette, foghlaí beag bídeach a bhfuil dúil mhór
sa bhainne aici – Joëlle

Foilsithe den chéad uair ag
Futa Fata, An Spidéal, Co. Na Gaillimhe, Éire

An chéad chló © 2015 Futa Fata

An téacs © 2015 Patricia Forde
Maisiú © 2015 Futa Fata

Tá Futa Fata buíoch d'Fhoras na Gaeilge faoin tacaíocht airgid.

Foras na Gaeilge

ISBN: 978-1-906907-89-1

Seachain an Dineasár!

Scríofa ag Patricia Forde

Maisithe ag Joëlle Dreidemy

Leabhair eile le Patricia Forde
atá foilsithe ag Futa Fata:

Cití Cearc
Binjí – Madra ar Strae
Mise agus an Dragún
Ná dúisigh an Páiste

Caibidil 1

Turas Scoile!

Bhí Múinteoir Sailí ar bís. 'Turas Scoile, a pháistí
deasa!' a deir sí. 'Beimid ag dul chuig an Músaem!'
'Úúúú!' a deir an rang.

"Is breá liom an Músaem!" arsa Claudine. Bhí mé i
gceann iontach, an samhradh seo caite,
  i bPáras na Fraince."
"Músaem?" arsa mise. "Cén sórt áite é sin?"
"Áit ghalánta," arsa Claudine. "Ach ní dóigh liom
go mbeadh aon suim ag foghlaí mara ann.
  Tá sé lán seoda agus óir agus…"
(Cheap mise go mbeadh an-suim ag foghlaí mara
ann, ach ní dúirt mé tada.)

6

"A Chlaudine!" arsa Múinteoir Sailí. "Ná bí gránna. Tá mé cinnte go mbainfidh gach duine agaibh an-sult as an turas seo."

Ach ní raibh gach duine chomh cinnte céanna.

"Chuala mise go raibh DINEASÁR ann..."
arsa Eoin Searlús, agus deora ina shúile.

"Tá an ceart agat!" arsa Fiona agus Fionnuala,
an cúpla. "Is dineasár iontach é a tháinig as Los
Angeles! Tá sé in ann siúl agus tá súile móra
dearga aige. Féach an bróisiúr seo!"

D'fhéach muid ar an mbróisiúr. Bhí cuma iontach air! "Cloisim go bhfuil grúpaí scoile ó chian is ó chóngar ag teacht chuig an Músaem lena fheiceáil!" arsa Múinteoir Sailí. "Tá súil agam go mbeidh sé sábháilte," arsa Eoin Searlús.
(Ní dóigh liom go bhfuil ábhar foghlaí in Eoin Searlús, is cuma céard a dhéanaim leis.)

"Sábháilte?" arsa Máistir Breandán. "De réir
Riall 33321 caithfidh gach turas scoile a bheith
sábháilte! Muna bhfuil sé, sábháilte, ní féidir
dul ann!" "Beidh sé sábháilte," arsa mise.
"Nach mbeidh mise in éineacht leo?"
"Is as Los Angeles é!" arsa Claudine.
"Céard a d'fhéadfadh bheith mícheart leis?"
Ní dúirt Máistir Breandán tada.

Caibidil 2

An Stoirm

An mhaidin dar gcionn, bhí an aimsir go dona. Bhí an spéir gruama agus bhí néalta móra dorcha ann.

Bhí Gúntar bocht trína chéile. Ní maith leis stoirmeacha.

"Ná bí buartha a Ghúntair!" arsa mise, "féadfaidh tú teacht liomsa don lá!"

Bhí muid ag an scoil deas luath. Chuir mé mo mhéar san aer agus mhothaigh mé an ghaoth, mar a mhúin mo Dhaidí dom a dhéanamh. Ag teacht ón bhfarraige a bhí sí. "Tá an ceart agat a Ghúntair," arsa mise, "tá stoirm ar an mbealach,".

"Ní dóigh liom é!" arsa Múinteoir Sailí agus í ag seoladh gach duine ar an mbus. "Níl ann ach cúpla néal…"

Ár ndóigh ní haon foghlaí mara í Múinteoir Sailí agus mar sin ní uirthi atá an locht. Ach bhí a fhios agamsa go raibh stoirm ar an mbealach. Tá a fhios ag foghlaithe gach rud faoin aimsir.

Ar aghaidh linn as sin go dtí an Músaem.
Chomh luath agus a bhog an bus chun bealaigh,
thosaigh Eoin Searlús ag caoineadh.

"Níl mise ag iarraidh imeacht," ar seisean leis an
múinteoir. "Tá faitíos orm roimh an dineasár."

"Ní fíor-dhineasár é, a amadáin!" arsa Gréagóir G.
Galánta a Dó, agus a shrón san aer aige.
"Níl ann ach dealbh!"

"Ach ta sé in ann siúl," arsa Eoin Searlús.
"Chonaic mé pictiúr de." "Tá sé in ann siúl a Eoin,
mar go bhfuil sé faoi stiúr ag cianrialtán,"
arsa Múinteoir Sailí.

"Ní bheidh aon dáinséir ann. Beidh lá iontach againn. Fan go bhfeicfidh sibh!"

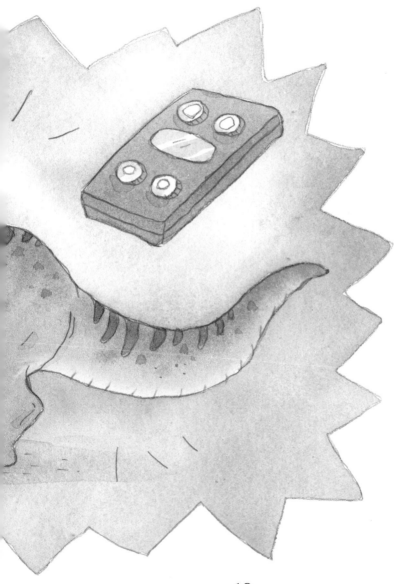

Nuair a thuirling muid den bhus, thosaigh an bháisteach ag titim. "Déan deifir!" arsa Múinteoir Sailí. "Isteach libh." Leis sin, thóg Gréagóir G. Galánta a Dó amach a chlár scátála nua. "Seachain!" ar seisean. Ansin, FUIS! Chuaigh sé tharam mar a bheadh siorc i ndiaidh a dhinnéir! "A Ghréagóir!" arsa Múinteoir Sailí. "Cuir an rud sin isteach i do mhála."

Bhí an Dineasár mór millteach!
Bhí bean ina seasamh os a
chomhair agus cianrialtán
ina lámha aici. "Fáilte
romhaibh!" ar sise.
"Seo Joeín an Dineasár!"

Caibidil 3

Gúntar!

Bhí sé deacair an bhean a chloisteáil, mar ag an noiméad sin, thosaigh an toirneach. Bhí faitíos an domhain ar Eoin Searlús. "Mamaí!" a bhéic sé agus rith sé amach as an seomra.

Ansin **CRAIS!**
Bhí an toirneach díreach
os ár gcionn.

Leis sin, las an seomra le splanc tintrí.
Bhuail an tintreach an cianrialtán.
Bhí splancanna ag léim amach as!

Go dtí sin, bhí Gúntar deas compordach istigh i mo phóca. Ach nuair a chuala sé an toirneach, léim sé amach.

Trasna an urláir leis ar nós scadán a raibh siorc
bán ina dhiaidh. Chonaic bean an chianrialtáin é.
"Aaagh!" a bhéic sí agus léim sí suas ar chathaoir.
Chaith sí uaithi an cianrialtán.

Suas leis an gcianrialtán tríd an aeir agus thit
sé díreach faoi chosa Joeín an dineasár. Thug an
dineasár céim amháin ar aghaidh. Ansin, las a
shúile fíochmhara.

Caibidil 4

Dineasár Crosta

Thosaigh na páistí deasa
ag screadaíl. "Ú Lá Lá!"
arsa Claudine. "Íosfaidh sé muid.
Bhí fhios agam nár cheart foghlaí
mara a thabhairt chuig
an Músaem!"

Sciob mé mála Ghréagóir Galánta agus bhain mé
an clár scátála as. Trasna an urláir liom. Faoi chosa
an dineasáir. Fuair mé greim ar an gcianrialtán
ach...Ó bhó go deó...

Bhuail Joeín lena eireaball mé! Ní raibh mé in
ann stopadh. Réab mé i dtreo na
fuinneoige. Bhuail mé in aghaidh
an bhalla. D'eitil an cianrialtán
as mo lámh, agus amach leis
tríd an bhfuinneog.

"ÚÚÚRRR!" arsa an dineasár agus thosaigh sé ag rith i ndiaidh na bpáistí deasa.

33

Bhí na páistí deasa sa bhealach orm ar an staighre
– gan trácht ar an dineasár. Ach ní raibh rud sa
bhealach orm ar bith ar an ráille.

FUISSS! Síos an ráille sin liom, síos go bun.
Leandáil mé ar mo dhá chos. Sciob mé an
cianrialtán den urlár agus amach an doras liom.

Amach an doras leis na páistí deasa. Lig an dineasár béic uafásach as. Trasna an bhóthair linn ar fad. Lig sé béic mhór mhillteach as.

Stop an trácht.

"Cabhraigh linn!" arsa Claudine liomsa.

Caibidil 5

Cé acu cnaipe?

Bhí mo lámha ag crith. Bhrúigh mé an cnaipe gorm.
Stop an dineasár. D'fhéach sé thart air.

Sheas sé suas ar a chosa deiridh. Bhí cuma níos mó agus níos scanrúla ná riamh anois air. Bhí mo chroí i mo bhéal.

"Déan rud éigin!" arsa Gréagóir.

Caithfidh go raibh cnaipe ann a stopfadh é.

Bhrúigh mé an cnaipe dearg.

Síos le Joeín. Bhrúigh mé arís é.

D'iompaigh sé thart.

Ansin thosaigh sé ag siúl i mo threosa.

Bhrúigh mé an cnaipe dearg arís. D'oscail sé
a bhéal. "Rith Lísín! Rith!" arsa Fíona agus
Fionnuala.

D'fhéach an dineasár orm lena shúile móra dearga.
Thosaigh mé ag crith. Bhrúigh mé an cnaipe bán.
Chrom an dineasár a cheann. D'oscail sé a bhéal
– béal a bhí lán d'fhiacla géara. Ansin dhún sé a
bhéal arís. "Maith thú a Joeín," arsa mise.
'Go deas réidh anois!"

43

Nuair a chuaigh muid isteach arís, bhí Múinteoir Sailí díreach tar éis teacht ar ais le hEoin Searlús. Bhí Gúntar ina lámha aici agus cuma fheargach ar a héadan.

45

"Lísín!"ar sise. "Tá fhios agat go maith nach bhfuil cead Gúntar a thabhairt ar thuras scoile! Scanraigh sé an bhean bhocht a bhí ag obair anseo, agus bhí ar Mháistir Breandán í a thabhairt abhaile!"

"Ó níorbh ea, a Mhúinteoir Sailí," arsa Claudine. "Uaireanta is maith an rud é foghlaí mara a bheith leat sa Mhúsaem!" "Go mórmhór má tá dineasár ann!" arsa Gréagóir Galánta. "Maith thú a Lísín!" arsa na páistí deasa. "Maith thú!"

Sea. Is mise Lísín. Is mé an t-aon fhoghlaí mara i Scoil na bPáistí Deasa. An chéad fhoghlaí go dtí seo ar aon nós!